POÉSIES

LE CENTENAIRE LORRAIN

LA FRANCE AU PEUPLE SUISSE

SCÈNE DE LA VIE DES CAMPAGNES

LA FRANCE PLEURANT SUR LES MALHEURS DE SES ENFANTS

L'ARAIGNÉE, ÉPISODE DRAMATIQUE

---

22 Juillet 1872

43280

LE CENTENAIRE LORRAIN

POËME PATRIOTIQUE

Sur les bords de la Meuse, un vieillard centenaire,
Assis sur le gazon, regardait la rivière ;
Et, suivant le courant d'un air triste et rêveur,
Pour ses deux petits-fils priait avec ferveur.
Le zéphyr caressait sa blanche chevelure,
Le ciel était serein, l'onde était calme et pure :
Tout semblait reposer, lorsque des chants joyeux
Du vieux contemplateur détournèrent les yeux.
Il porta ses regards sur la route voisine,
Mais, voyant des soldats, il frappa sa poitrine ;
Son cœur battit plus fort ; il regarda le ciel ;
Et, lorsqu'il entendit appeler Daniel,
Que de ses petits-fils il vit briller les armes,
De joie alors ses yeux se remplirent de larmes,
Le bonheur revenait chez cet heureux vieillard,
Et, de triste et pensif, prenant un air gaillard,
Il se leva soudain, et, quittant le rivage,
Il dirigea ses pas du côté du village,
En rendant grâce à Dieu dont il était béni.
On eût dit, à le voir, qu'il avait rajeuni.
Dans les bras du vieillard, les soldats se jetèrent,
Et pendant très longtemps tous les deux l'embrassèrent.
« Enfants, j'avais perdu l'espoir de vous revoir.
» Que se passe-t-il donc ? Je voudrais bien savoir
» Quels sont les résultats de cette triste guerre. »
Les soldats, à ces mots, regardèrent la terre ;

Ⓒ

Ils pâlirent; leurs yeux se remplirent de pleurs :
« Grand-père, dirent-ils, pleurons sur nos malheurs;
» Nous sommes Allemands : il n'est plus d'espérance. »
— « Quoi! nous ne sommes plus les enfants de la France? »
A ces mots le vieillard fléchit sur ses genoux.
« Est-ce vrai, leur dit-il; enfants, que dites-vous?
» Mais je ne vous crois pas; non, ce n'est pas possible!
» Les Français sont issus d'une race invincible!
» Que diraient leurs aïeux, les soldats de Brennus,
» Si, par les Allemands, leurs fils étaient battus?
» Leur nombre seul a pu, je me plais à le croire,
» Avec la trahison leur donner la victoire,
» De leur perte ce sont les signes précurseurs.
» Non, jamais de la France, ils ne seront vainqueurs!
» Jamais, entendez-vous, cet espoir me console! »
Le plus jeune des deux alors prit la parole :
« Nous sommes Allemands, dit-il, et pour longtemps!
» Dieu bénit leurs drapeaux; leurs succès éclatants
» Ont déjà dans mon cœur jeté comme une amorce;
» La France est terrassée, abattue et sans force;
» Elle manque de tout : c'est un pays perdu! » —
« Est-ce qu'aux Prussiens tu te serais vendu?
» S'écria le vieillard, mon fils, je te renie!
» Que faut-il à la France? Un homme de génie,
» Aimant la liberté, qui soit aimé de tous.
» Le monde tremblerait, si la France en courroux
» Armait tous ses enfants, cela ne te déplaise.
» Rien ne peut résister à la valeur française!
» Je me rappelle encor d'Arcole et d'Iéna,
» D'Austerlitz, de Wagram et de la Moscova.
» Du monde notre armée était bien la première!
» Quand le peuple français, sous la même bannière,
» Marchait uni de cœur, dans la fraternité,
» Que ces deux mots sacrés : *Patrie* et *Liberté,*
» Faisaient battre son cœur et le couvraient de gloire.
» Ce sont des souvenirs gravés dans ma mémoire.

» Que les temps sont changés! Je m'en aperçois bien!

» Qu'était la Prusse alors? La Prusse n'était rien!

» Elle est tout aujourd'hui; mais qu'elle prenne garde;

» Un lion menaçant la veille et la regarde;

» Un nuage bien noir obscurcit l'horizon.

» On ne bat les Français que par la trahison!

» C'est un peuple vaillant, c'est un peuple de braves.

» La Prusse, mes enfants, a fait des fautes graves;

› En arrachant nos cœurs, elle a sali ses mains;

» Elle ne sait donc pas que le sort des humains

» Est dans les mains d'un Dieu qui punira le crime;

» Et que l'ambition la mène à sa ruine!

» Elle nous a soumis par le feu du canon,

» Eh bien! avant cent ans, elle perdra son nom!

› Si la France pouvait fonder la République,

» Enflammer ses enfants du courage héroïque

» Des soldats de Valmy, de Fleurus, du Vengeur,

» Elle retrouverait la gloire et le bonheur.

» Un jour, elle a lutté contre l'Europe entière!

» Des nations alors elle était la première,

› Et partout ses enfants étaient victorieux.

» Comme d'être Français on était glorieux!

» On vivait pour l'honneur, on mourait pour la gloire,

» Et les soldats volaient de victoire en victoire.

» La France d'aujourd'hui, qu'elle était belle alors!

» Respectée au dedans, et terrible au dehors,

» Elle dictait des lois à toutes ses rivales,

» Et l'on ne voyait pas de ces figures pâles

» Que l'on trouve aujourd'hui dans tous les carrefours.

» Son ciel était d'azur. Pensant à ces beaux jours,

» Un déluge de pleurs inonde mon visage.

» Les gens laborieux ne manquaient pas d'ouvrage;

» L'or ruisselait partout; la joie et la gaîté

› Annonçaient le bonheur d'un peuple en liberté.

» Partout des chants joyeux, partout des jours de fêtes,

› Des fils de la patrie annonçaient les conquêtes;

» Car tous les généraux se couvraient de lauriers ;
» Officiers, commandants, fantassins, cavaliers,
» Fraternisaient alors libres et sans entraves.
» L'amour de la patrie animait tous ces braves,
» Qui, fiers de la servir, ne craignaient pas la mort.
» La patrie était tout ; du midi jusqu'au nord,
» Le peuple était uni, n'avait qu'un cœur, qu'une âme
» Pour défendre ses droits. On méprisait l'infâme
» Qui, par sa lâcheté, trahissait son pays ;
» Il devenait pour tous un objet de mépris.
» O France, mes amours ! Oh ! comme elle était belle,
» Quand, chassant l'ennemi des bords de la Moselle,
» Ses fils victorieux osaient franchir le Rhin,
» Et plantaient leurs drapeaux, entonnant le refrain
» Du *Chant des Girondins* et de la *Marseillaise !*
» Le monde était rempli de la valeur française !
—» Quand nos drapeaux flottaient de Mayence à Dantzick,
» Sur les murs de Berlin, et de Brême à Munich.
» A ce doux souvenir, j'ai versé bien des larmes !
» Qu'as-tu fait de tes fils ? Qu'as-tu fait de tes armes ?
» Que diront tes aïeux, les Celtes, les Gaulois,
» Charles-Martel, Pépin, pensant que cette fois
» Les Allemands ont pu traverser les frontières,
» Et qu'ils ont, sur ton cœur, fait flotter leurs bannières,
» Après avoir pillé plusieurs de tes enfants,
» Tu dois te relever : il est encore temps.
» Songe que tes exploits ont étonné le monde !
» Je sais que de ton mal la blessure est profonde,
» Mais, en te soignant bien, tu guériras d'abord,
» Et tu triompheras si, d'un commun accord,
» On soumet tes enfants à des chefs intrépides.
» Puisse un jour le Seigneur te venger des perfides !
» Ton étoile a pâli pour briller de nouveau ;
» Il faut du monde entier qu'elle soit le flambeau.
» Vous croyez, Prussiens, abattre son courage ?
» Loin de la terrasser, vous augmentez sa rage,

» Elle pourrait bientôt vous voir à ses genoux ;
» Elle souffre à présent, mais prenez garde à vous !
» Le géant est blessé, mais il lève la tête !
» Vous ne régnez sur nous que par droit de conquête ;
» Regardez votre ciel : voyez comme il est noir !
» Qu'espérez-vous de nous ? Vous auriez dû prévoir
» Que pour assujétir l'Alsace et la Lorraine,
» Il faudrait de nos cœurs arracher notre haine.
» Nous aimons les Français, la France est notre amour,
» Et malgré ses malheurs, nous espérons qu'un jour
» Elle se vengera de votre ignominie,
» Et soustraira nos cœurs à votre tyrannie.
» Ce jour n'est pas bien loin : son ciel pur me prédit
» Qu'elle soigne sa plaie et que son mal guérit.
» Si l'esprit des partis maintenant la divise,
» Elle a sur ses drapeaux inscrit cette devise :
» Honneur et liberté, la victoire ou la mort !
» O France, beau pays, j'ai pleuré sur ton sort !
» Tu ne sauras souffrir que nous restions esclaves ;
» Souviens-toi de Bayard, souviens-toi de ses braves
» Qui, cernés d'ennemis et voyant leur trépas,
» Criaient : « Le Français meurt, mais il ne se rend pas ! »
» Souviens-toi de Jean-Bart, souviens-toi de Turenne,
» De Marceau, de Kléber ; songe que la Lorraine
» Et l'Alsace aujourd'hui gémissent dans les fers.
» De vivre loin de toi nos regrets sont amers !
» Nous sommes tes enfants, à toi nos cœurs, nos âmes ;
» Venge-nous sans tarder, venge-nous des infâmes,
» Venge-nous des tyrans qui, méprisant nos droits,
» Sans consulter nos cœurs nous imposent des lois !
» Tous nos vœux sont pour toi, nous désirons ta gloire ;
» Le plus beau de nos jours sera quand la victoire,
» Couronnant tes drapeaux viendra nous délivrer,
» Que dans Strasbourg, dans Metz, nous verrons manœuvrer
» Tes soldats revenus vainqueurs de l'Allemagne,
» Qu'en tout temps nous pourrons parcourir la campagne

» Sans crainte et sans effroi des soldats prussiens,
» Et que, Français de cœur, nous serons citoyens
» De notre chère France aimante et généreuse :
» Puisse-t-elle bientôt être victorieuse !
» Des soldats d'Iéna retrouver le chemin,
» Et planter ses drapeaux sur tous les bords du Rhin ! »

LA FRANCE AU PEUPLE SUISSE

Peuple béni du ciel, j'admire tes montagnes,
Tes bois et tes chalets, tes verdoyants coteaux,
La beauté de tes lacs, tes jardins, tes campagnes,
Et les gazons fleuris où paissent tes troupeaux.

Tes forêts de sapins, ta brise parfumée,
Mille tapis de fleurs qui bordent tes chemins,
Te laissent respirer une odeur embaumée
Qu'on ne respire pas chez les peuples voisins.

Que ton pays me plaît! comme Dieu le protége!
Comme l'été surtout tu dois être joyeux,
Lorsque le doux zéphyr, rafraîchi par la neige,
Te donne un avant-goût des délices des cieux!

D'Arnold, de Walter-Furts tu gardes la mémoire,
Ainsi que de Werner, tes grands libérateurs;
Tous ces noms glorieux sont écrits dans l'histoire,
Et tes fils en naissant les gravent dans leurs cœurs.

O peuple hospitalier, noble, doux et paisible,
Fier de Guillaume Tell et de ta liberté,
Touché de mes malheurs, tu t'es montré sensible,
Et j'ai trouvé chez toi l'amour, la charité.

Ne pouvant repousser les armes étrangères,
Mes enfants sont allés chez toi, mourant de faim,

Et tu les as reçus, soignés comme des frères,
Partageant avec eux ton logis et ton pain.

Je te bénis pour eux, et ma reconnaissance,
Gravée en lettres d'or, ne s'effacera pas :
Le service qu'on rend aux enfants de la France,
Comme un doux souvenir dure jusqu'au trépas !

Vis heureux désormais, et que Dieu te bénisse !
Te donne des trésors, l'abondance et la paix ;
Pour moi, je fais des vœux pour tout le peuple suisse,
Car il m'est aussi cher que s'il était français !

Honneur, honneur à vous, enfants de l'Helvétie !
Des arts et du progrès vous suivez les chemins ;
Soyez fiers d'être unis et de votre patrie ;
Mais soyez fiers surtout d'être républicains.

SCÈNE

DE LA VIE DES CAMPAGNES

UN MARTYR D'AMOUR

Qu'ai-je donc fait, ma douce et tendre amie,
Qu'ainsi vous me fuyez quand je suis près de vous,
Comme si j'avais pu commettre une infamie,
Ou que vous eussiez peur de craindre mon courroux?

Pourquoi me fuyez-vous, ma charmante petite,
Quand je brûle d'amour pour vos charmes divins;
Quand nuit et jour mon cœur pour vous seule palpite,
Pourquoi refusez-vous d'adoucir mes chagrins?

Ne devriez-vous pas soulager ma souffrance
En donnant à mon cœur une lueur d'espoir;
En berçant mon amour d'un rayon d'espérance
Que Dieu, dans sa bonté, met en votre pouvoir?

Vous ne savez donc pas, ô ma douce colombe!
Que la vie est un rêve et qu'on doit en jouir;
Que vous allez sous peu descendre dans la tombe,
Car lorsqu'on n'aime plus on est près de mourir?

Seule, dans le jardin, au lever de l'aurore,
Je vous vis l'autre jour par un heureux hasard,
Et, quand de vous parler je me flattais encore,
Vous ne daignâtes pas m'honorer d'un regard.

Vous me fîtes du mal, je vous trouvai cruelle
Quand je songeai surtout au bon temps d'autrefois,
Où, chantant près de vous une chanson nouvelle,
J'écoutais vos soupirs et votre douce voix.

Un soir vous me disiez : Cette rose est la tienne,
Parlant de quelques fleurs mises dans vos cheveux,
Et vous mîtes alors votre main dans la mienne,
Pendant que vos beaux yeux se miraient dans mes yeux.

Ah ! vous deviez m'aimer quand, près de la fenêtre,
Assise à mes côtés, vous me disiez tout bas :
« Ma mère est au jardin ; si tu la vois paraître,
Lâche-moi cette main et ne m'embrasse pas. »

Nous étions tous les deux un soir, je me rappelle,
Au bal du mardi gras, avec votre cousin.
Et de cent jeunes fleurs vous étiez la plus belle,
Par votre doux sourire et votre air enfantin ;

Par votre teint de lis, par votre taille fine ;
Par ce front virginal, calme, pur et serein ;
Par vos seize printemps, par la bouche divine,
Qui me dit : Prends les fleurs que j'ai là sur mon sein.

Vos cheveux ondoyants flottaient sur vos épaules,
Et mes yeux caressaient mille charmes naissants ;
Nous plaisantions tous deux sur des choses frivoles,
Quand votre cousin dit ces deux mots menaçants :

« Monsieur, veuillez sortir si vous n'êtes un lâche !
» Vous osez devant moi parler à cette enfant ? »
En me disant ces mots, il s'emporte, il se fâche ;
Va trouver votre mère et sort tout triomphant.

Je n'entendis qu'un mot de votre humide lèvre,
Mot gravé dans mon cœur ; vous dites : Je l'aimais !

Je vous aimais aussi. J'ai nourri cette fièvre,
Et je vous aime encore; oh oui! plus que jamais!

Et depuis ce jour-là je verse bien des larmes,
Car, malgré les *on dit,* je vous aime toujours,
Et je n'aurais pas cru que de telles alarmes
Pussent briser mon âme et nuire à mes amours.

J'ai les yeux effarés, mon front couvert de rides;
Mes genoux ne pourront bientôt me soutenir;
Mon air triste et rêveur, mes paupières humides
Vous disent bien assez ce que je dois souffrir,
Privé comme je suis de toutes les délices,
D'un amour plein d'espoir, né sous d'heureux auspices.
Oui, mon âme est brisée en pensant à ce jour
Où, prononçant mon nom sans crainte, avec amour,
Vous m'offrîtes le bras, ainsi que votre mère,
Pour aller à ce bal si funeste à mon sort,
D'autant plus malheureux que j'espérais vous plaire,
Et que, sans m'écouter, vous me donnâtes tort.
Cessez donc vos rigueurs; ne soyez pas sévère;
Ayez pitié de moi, car je me désespère!
Un garçon comme moi n'est pas bien séduisant;
Mais je serai si bon, si doux, si complaisant;
Je vous aimerai tant, ma belle demoiselle,
Que vous seriez ingrate et même bien cruelle
De repousser mes vœux, je le dis sans détour,
Et de ne pas vouloir me payer de retour
Après avoir jeté le trouble dans mon âme,
Avoir mis dans mon cœur une divine flamme
Qui brûle chaque jour, du matin jusqu'au soir,
Et ne s'éteindra plus, j'en ai le ferme espoir.
J'en conçois d'autant plus une douce espérance,
Qu'un doux pressentiment m'en donne l'assurance
Que je goûte un bonheur, surtout quand je vous vois;
Que j'entends vos soupirs et votre douce voix;

Que je puis respirer votre haleine embaumée,
Aussi pure que l'est la brise parfumée
De nos riants coteaux, de nos monts odorants,
Et de nos prés fleuris, une nuit de printemps.
Ah ! je vous aime bien ! Je vous trouve aussi belle
Qu'une rose, qu'un lis, que cette fleur nouvelle
Qu'on se plaît à cueillir sur un riant gazon
Le matin d'un beau jour, à la belle saison.
Oui, la reine des prés, la blanche marguerite
Est moins belle que vous, ma charmante petite.
Votre front est si pur, votre regard si doux,
Qu'il n'est sous le soleil rien de si beau que vous ;
Car un ange du ciel ne l'est pas davantage :
Il ne pourrait avoir un plus joli visage.

Je me lève souvent la nuit, quand vous dormez,
Pour regarder les fleurs qui sont sous la fenêtre,
Où vous disiez un jour : « Je sais que vous m'aimez,
Car mon cœur ne saurait choisir un autre maître. »

En me disant ces mots, vous me fîtes serment,
D'une voix si sonore et si mélodieuse,
De m'aimer, que jamais, surtout à ce moment,
Je n'aurais supposé vous voir religieuse.

De vos tristes projets je me montre jaloux ;
Vous devez les bannir, ma charmante mignonne ;
Enfin, ce n'est pas vous que l'on doit faire nonne,
Vous, faite pour aimer un amant, un époux.

Si vous étiez boiteuse, ou laide, ou contrefaite,
Je vous engagerais à rentrer au couvent ;
Mais vous êtes jolie, une beauté parfaite,
Et vous avez des traits qu'on ne voit pas souvent !

Cette nuit, j'ai rêvé que nous étions ensemble
Assis sur le gazon, à l'ombre des ormeaux ;

Que vous me regardiez, en pleurant, ce me semble,
Et que, pour en finir, vous me disiez ces mots :

« Oui ! je t'aime toujours, et je suis malheureuse :
Ma mère ne veut plus que je cause avec toi. »
Et vous disiez cela d'une voix langoureuse
Qui m'a brisé le cœur comme un terrible effroi.

Vous qui ne savez pas pourquoi la vie est faite ;
Qui n'avez de l'amour reconnu les douceurs ;
Qui ne rêvez jamais ni parfum, ni toilette ;
Qui ne dites vos maux qu'à de vieux confesseurs,

Pensez donc quelquefois aux choses de ce monde ;
Au bonheur d'être deux lorsque l'on s'aime bien,
Et guérissez chez moi cette douleur profonde,
Par un de ces regards qui ne vous coûtent rien.

Je veux vous confier les secrets de mon âme :
Autrefois, près de vous, je brûlais d'une flamme
Qui ne me consumait que par un feu bien doux,
Et laissait un parfum enivrant près de vous,
Qui faisait mon bonheur et l'espoir de ma vie ;
Qui me réjouissait et qui me fait envie.
Aussi je souffrais bien quand je ne voyais pas
L'idole que j'aimais suspendue à mon bras,
Promenant ses regards des monts à la vallée,
Ou ramassant des fleurs dans la petite allée
Qui du petit bosquet va joindre le chemin.
Là, faisant des bouquets de roses, de jasmin,
Un jour vous me disiez, d'une voix ingénue :
Vois-tu ce rayon d'or qui sillonne la nue ?
Il n'est rien de joli comme ces feux brillants.
Moi, je trouvais vos yeux plus beaux, plus pétillants.
Et quand je le disais d'une voix douce et tendre,
Vous paraissiez alors ne jamais me comprendre.

Ah! je vous aimais bien, et j'espérais un jour
Par les nœuds de l'hymen couronner mon amour,
Obtenir votre cœur, toute votre tendresse,
Attendu que de moi vous étiez la maîtresse,
Que tout était à vous, ma joie et mes plaisirs;
Trop heureux à ce prix de combler vos désirs.
Vous plaire était toujours mon unique pensée,
Et la seule qui fût de mon cœur caressée,
Qui pût flatter mes goûts, animer mes transports,
Et que j'aime à présent, peut-être comme alors;
Car je crois que votre âme est unie à la mienne,
Et c'est le seul espoir heureux qui me soutienne;
Le seul que j'aime encor; ne me l'ôtez donc pas,
Attendu que cela me mettrait au trépas!
Guérissez mes douleurs par un joyeux sourire,
De votre bouche rose et de vos yeux si doux,
Et qu'un tendre regard soulage le martyre
De celui qui vous aime et ne vit que pour vous.

Assis à vos côtés, autrefois à la messe,
J'étais tout rayonnant de bonheur, de gaîté,
Et mon cœur, plein d'amour, débordait d'allégresse,
En invoquant les saints et la Divinité.

Autrefois, près de vous, les fleurs les plus sauvages,
Les gazons, répandaient un parfum odorant;
L'horizon, rarement, se chargeait de nuages,
Et l'air était plus frais, plus pur, plus transparent.

Autrefois, près de vous, l'heure sonnait bien vite;
Le temps, le jour, la nuit passaient rapidement;
Un mois ne m'eût semblé qu'une simple visite,
Et toute une semaine un tout petit moment.

Vos yeux et votre front, votre charmant visage
Étaient resplendissants de joie et de gaîté;

Le bonheur s'y lisait, et j'avais l'avantage
De plaire et de jouir d'une bonne santé.

Alors je contemplais une nuit étoilée;
Je sifflais imitant les ramiers, les pinsons,
Et, souvent le matin, l'écho de la vallée
Redisait aux passants mes joyeuses chansons.

Alors j'étais heureux, ma vie était bien belle,
Mes projets d'avenir bien beaux et bien riants,
Et je ne croyais pas que la saison nouvelle
Verrait mon front chagrin et mes yeux larmoyants!

Les marais, les étangs et les terres arides;
Les sables, les cailloux et la cîme des monts
Étaient, à mes regards, magnifiques, splendides,
Et j'aimais votre mère, avec ses vieux sermons.

J'aimais votre cousin, malgré sa jalousie,
Sa haine, son mépris et ses mauvais propos;
C'est un homme bien vil, manquant de courtoisie,
Que je plains, car souvent les jaloux sont des sots.

A présent quand je vais le dimanche à l'église,
Je ne puis plus prier à l'office divin,
Et je n'y vais jamais sans faire la sottise
De renverser la chaise ou le banc du voisin.

Ni la brise du soir, ni l'herbe, ni la mousse
Qui bordent les chemins, garnissent les talus;
Ni les fleurs des bosquets, ni la feuille qui pousse,
Rien ne plaît à mon cœur et je ne chante plus!

Tel on voit un pêcheur surpris par la tempête,
Par la vague en furie, échappant au danger,
Revenir dans le port la figure défaite :
Tel aussi j'ai souffert et l'on m'a vu changer.

Grâce! pitié! ma belle,
Votre ami vous appelle,
Ne soyez pas rebelle
En vivant loin de moi.
D'amour mon cœur se pâme,
Et brûle d'une flamme
En songeant que mon âme
Vous a juré sa foi.

Ma mignonne gentille,
Lorsqu'une étoile brille,
Le feu qu'elle scintille
Est moins brillant que vous;
La plaintive hirondelle,
La blanche tourterelle,
Les agneaux, la gazelle,
N'ont pas les yeux plus doux.

Pensez, ma douce amie,
Aux choses de la vie,
A ce qui fait envie,
Au bonheur d'autrefois,
Aux délices du monde,
A ma douleur profonde,
Et que l'écho réponde
Aux chants de votre voix.

Vent, retiens ton haleine;
Laisse chanter ma reine,
Car elle est de la plaine
La plus belle des fleurs;
Et que le doux zéphire,
Qui pour elle soupire,
Se calme pour lui dire
Le cri de mes douleurs.

Soyez donc familière,
Exaucez ma prière;
Qu'elle soit la dernière,
Et daignez me guérir.
Hâtez la délivrance
D'une longue souffrance;
Qu'un rayon d'espérance
M'empêche de mourir.

Songez que je vous aime,
Que mon bonheur suprême
Serait si, ce soir même,
J'avais un doux baiser
De votre bouche rose,
Fraîche comme une rose
Nouvellement éclose,
Que l'on vient d'arroser.

Sachez que plus je souffre et plus je vous adore;
Sachez que tous les jours le lever de l'aurore
Me voit priant dans le saint lieu,
M'agenouillant à votre place.
J'ose prier : c'est de l'audace
Lorsque vous seule êtes mon Dieu!

LA FRANCE

PLEURANT SUR LES MALHEURS DE SES ENFANTS.

Autrefois, mes enfants, comme j'étais heureuse !
Quand vous étiez unis, que ma main généreuse
S'ouvrait pour vous bénir, vous presser sur mon cœur ;
Que, fière, le front haut et le regard vainqueur,
Portant un manteau bleu, des robes magistrales,
J'osais parler de vous à toutes mes rivales,
Vanter vos qualités, votre amour fraternel,
Et qu'espérant jouir d'un bonheur éternel,
Je disais : Mes enfants, sont-ils vaillants et braves !
Ils se feraient tuer plutôt que d'être esclaves !
Ils s'aiment tellement, ils sont si fiers de moi,
Que jamais ils n'auront d'autre amour, d'autre foi,
D'autre nom que le mien. J'avais cette espérance.
Et quand les étrangers disaient : Voyez la France !
Qu'elle est belle aujourd'hui ! que son regard est doux !
Vous pressant dans mes bras, j'étais fière de vous,
Surtout quand j'entendais de si douces paroles ;
Et, comparant mes biens au domaine des Gaules
Dont j'avais hérité, je me gonflais d'orgueil,
Assise mollement dans un très beau fauteuil,
Couverte de bijoux, d'or et de pierreries ;
Regardant mes jardins, mes campagnes fleuries,
Mes palais de cristal, dignes séjours des dieux ;
Écoutant des oiseaux les chants mélodieux,
Voyant mille vaisseaux pour moi flottant sur l'onde,
Et tenant dans mes mains la balance du monde.

On me craignait partout, on suivait mes conseils,
Et mes vaillants guerriers n'avaient pas leurs pareils.
Votre cœur noble et pur n'avait rien de rebelle.
Alors, vous regardant, je me trouvais plus belle;
Mes rides s'effaçaient, je semblais rajeunir,
Et Dieu me protégeait et daignait me bénir
Lorsque je déployais le drapeau tricolore,
Le soir et le matin, au lever de l'aurore.
A toute heure du jour mon ciel était serein,
Et, portant mes regards à l'horizon lointain,
Mon œil n'apercevait que de légers nuages
Qui ne pouvaient chez moi causer de grands ravages;
Car un vent calme et frais les éloignait de moi
Aussitôt qu'ils pouvaient me causer quelque effroi.
Du reste, mes jardins, mes vignes, mes campagnes,
Et mes riches troupeaux paissant dans les montagnes,
Étaient tous protégés contre le mauvais temps,
Et tout semblait jouir des douceurs du printemps.
Promenant mes regards dans mon vaste domaine,
Je voyais mes enfants, d'Alsace et de Lorraine,
Vêtus d'habits pompeux, aux plus riches couleurs,
Courir dans mes jardins le front couvert de fleurs,
Ou jouant quelquefois dans des barques légères,
Sur un fleuve bordant les rives étrangères;
Fleuve cher à mon cœur, au cours majestueux,
Roulant une eau limpide aux flots impétueux.
Et maintenant je suis pensive et désolée;
Du fleuve que j'aimais je me vois isolée;
Je ne le trouve plus. A-t-il changé son cours?
Vos frères, les Lorrains, que j'adore toujours,
Ainsi que les enfants de mes terres d'Alsace,
Braves, au cœur aimant, peuple guerrier de race,
Sont sortis de chez moi. Où sont-ils donc passés?
Est-ce que, par hasard, vous les auriez chassés?
Contre mes ennemis auraient-ils pris les armes?
Voyons, répondez-moi. Vos yeux sont pleins de larmes.

Vous me faites souffrir; soulagez mes douleurs,
Car sur vos grands défauts je verse bien des pleurs.
Sur les monts, dans la plaine, aux flancs de la colline,
Mes greniers étaient pleins d'avoine et de farine,
De millet et de blé, de fèves et de lin;
Mes coffres remplis d'or, mes chais remplis de vin,
Et l'on trouvait chez moi peu de terrains en friche.
Enfin, j'avais de tout, car j'avais le plus riche
Et le plus beau pays de ce vaste univers,
Et pour voir mes trésors on traversait les mers.
Mes palais, mes châteaux aux nombreuses tourelles,
Mes arsenaux, mes forts, mes parcs, mes citadelles,
Étaient garnis d'obus, de fusils, de canons;
Et vos pères avaient acquis de tels renoms,
Ils étaient si couverts de lauriers et de gloire
Qu'avec vous j'espérais remporter la victoire
Sur les peuples voisins, sur tous mes ennemis,
Si d'insulter mon nom l'un d'eux se fût permis.
Vous les eussiez battus (du moins, je le suppose),
Unissant vos efforts dans une même cause,
Ayant des généraux comme Hoche, Marceau,
Dugommier, Kellermann, Ney, Kléber, Augereau,
Et tous ces officiers morts pour la République,
Dont les cœurs enflammés d'amour patriotique
N'avaient d'autres désirs que de vous voir un jour
Libres, riches, puissants, soumis à votre tour
A des braves comme eux, courageux, intrépides,
N'aimant que la patrie et vous servant de guides;
Pas de ces officiers qui vont dans les salons
Se mettre à deux genoux pour gagner leurs galons,
Mais des hommes connus depuis leur tendre enfance
Pour leurs opinions et leur persévérance;
Braves, ingénieux et désintéressés,
Ayant un front de fer et des cœurs cuirassés.
A quoi pensez-vous donc? Songez que l'Angleterre,
Qui domine sur mer, va dominer sur terre;

Que pendant quarante ans j'ai causé son effroi,
Et que la Prusse enfin est maîtresse chez moi.
Voyons, souffrirez-vous que la mère patrie
Par de vils agresseurs se voie ainsi flétrie?
Qu'elle n'ait maintenant que des pleurs dans les yeux?
Et qu'elle ait à rougir pensant à vos aïeux
Dont les nombreux exploits l'avaient faite si belle,
Que vingt peuples jaloux se liguèrent contre elle
Pour lui ravir sa gloire et votre liberté;
Qu'elle ne succomba que par la lâcheté
De ceux qui la voulaient voir sous l'ancien régime,
Avec ses drapeaux blancs, ses seigneurs et la dîme;
Qui voulaient revenir à ces temps d'autrefois
Où, pour vous gouverner, il vous fallait des rois,
Qui, la plupart du temps, me rendaient malheureuse.
Depuis près de vingt ans je ne suis pas joyeuse!
Si j'ai quelques beaux jours, ils sont bientôt passés,
Et tous mes revenus sont vite dépensés!
Ce matin j'écoutais vos plaintes, vos alarmes;
Mon cœur saignait! Mes yeux se remplissaient de larmes
En voyant mes jardins, si jolis autrefois,
Fanés, jaunes, sans fleurs pour la première fois.
Et telle avait été la fureur de l'orage,
Que les arbres tombés n'avaient plus leur feuillage.
Mes palais, mes châteaux étaient bien dévastés!
De quelques-uns les toits étaient même emportés.
Mon front pâle était froid, mes chairs étaient livides,
Quand j'ai vu que chez moi les coffres étaient vides,
Et que dans chaque ville on portait un cercueil,
J'ai posé mes bijoux, pris des habits de deuil;
Et, promenant mes yeux sur ma triste demeure,
Je songe à mes malheurs et nuit et jour je pleure.
Suivez donc mes conseils; vous me consolerez,
Et de vos ennemis vous serez délivrés.
Unissez donc vos cœurs comme un peuple de frères;
Conservez le drapeau fraternel de vos pères :

Ce drapeau glorieux est seul digne de vous,
Et de votre grandeur vous ferez des jaloux !
Enfants ! rappelez-vous cette vieille maxime :
Qu'un peuple divisé penche vers sa ruine.
Soyez républicains comme aux États-Unis,
Vos malheurs et les miens seront bientôt finis.
O vous, nobles enfants de la fille des Gaules !
Dont le climat est doux, dont les champs vinicoles,
Caressés des rayons bienfaisants du soleil,
Produisent un nectar à nul autre pareil,
Pensez à moi souvent ! pensez à votre mère !
Qu'elle soit désormais grande, forte et prospère ;
Belle comme elle était au traité de Tilsit,
Couverte de lauriers comme en dix-huit cent huit ;
Puissante comme alors, libre comme la Suisse,
Dussiez-vous faire encor quelque grand sacrifice.
Alors vous serez tous riches, comblés d'honneur,
Et mon nom glorieux vivra dans tous les cœurs.

L'ARAIGNÉE

ÉPISODE DRAMATIQUE

PERSONNAGES :

FLAMISSE, agriculteur, 40 ans.
CLAIRE, sa grand'mère, 80 ans.

(Costumes des paysans des environs de Bordeaux.)

Vaste chambre, servant de cuisine et de chambre à coucher. Murs blanchis à la chaux. Petite fenêtre à côté de la porte d'entrée. Sur le manteau de la cheminée deux ou trois vieux bouquins, une vieille lampe en cuivre jaune, une petite glace ; au-dessus un crucifix, bols, pichets et cafetière. Mobilier : table carrée en bois blanc, un lit, un vieux buffet sur lequel on voit un chaudron ; chaises en bois blanc.
La scène se passe dans les environs de Bordeaux en mai 1872.

SCÈNE PREMIÈRE.

CLAIRE, FLAMISSE.

(Claire est debout près de la porte, et Flamisse au milieu de la chambre.)

CLAIRE.

Mon fils, je viens te voir.

FLAMISSE.

Va-t-en, vieille sorcière.

CLAIRE.

Ne me repousse pas, exauce ma prière ;
Laisse-moi t'embrasser, laisse-moi te bénir,
Et graver dans mon cœur un dernier souvenir
De mes beaux jours perdus, de mes amours passées,
De ce temps où j'étais le but de tes pensées ;
Où ton rire enfantin faisait seul mon bonheur ;
Où de m'offrir ton bras tu te faisais honneur,

Et, sans rougir de moi, tu m'appelais ta mère.
Aujourd'hui des haillons, la honte, la misère!
Tu ne me connais plus, je ne suis rien pour toi,
Qu'un objet de dégoût, de mépris et d'effroi,
De haine quelquefois, souvent de raillerie.

FLAMISSE.

Oui! vous me faites peur; sortez, je vous en prie,
Au plus vite, ou sinon!...

CLAIRE, avec fierté.

Respecte mes cheveux!
(Elle s'assied.)
Je ne m'en irai pas, frappe-moi si tu veux,
Mauvais fils, mauvais cœur; chasse-moi, si tu l'oses!
Le soir, dans un bon lit, aujourd'hui tu reposes.
Tu ne manques de rien, tu dors tranquillement,
Sans nul souci de moi, qui t'aime tendrement,
Qui pleure sur ton sort, sur celui de ta fille;
Qui voudrais être ici pour bénir ta famille.
Ne me méprise pas, car peut-être demain
Tu seras, comme moi, malheureux et sans pain.
Que regardes-tu donc?

FLAMISSE.

Je vois une araignée.
Montant contre le mur de cette cheminée.

CLAIRE.

Tu trembles! tu pâlis!

FLAMISSE.

Ah! mon Dieu! que j'ai peur!
Cet insecte est pour nous un signe de malheur,
Lorsque nous le voyons au lever de l'aurore :
Moi je pleure souvent, ma femme plus encore,

Et rien ne peut sécher les larmes de ses yeux.
A trente ans je n'étais pas superstitieux,
Je n'avais peur de rien, l'on citait mon courage,
Et l'on parlait de moi partout dans le village.
Mais depuis qu'un malheur a frappé ma maison,
Maintes fois je m'égare et je perds la raison.
Oui, depuis le départ de notre chère Élise,
Je tremble, maintenant, le dimanche à l'église,
A l'office divin, si je vois un point noir,
Et je baisse les yeux, de peur d'apercevoir
Ce petit animal suspendu sur ma tête.
Rien ne me fait souffrir autant que cette bête,
Que cet être maudit, que cet insecte-là.
Le diable me ferait moins de peur que cela.
Que va-t-il m'arriver? Je fais le bien, en somme,
Et je puis me flatter d'être un très honnête homme.
Je ne saurais voler deux grappes de raisin,
Ni faire les doux yeux aux filles du voisin,
Et mon cœur tout entier appartient à ma femme;
Elle seule me plaît, elle seule m'enflamme,
Et fait naître chez moi des soupirs amoureux.
Malgré ces qualités, je suis bien malheureux!
  (A part, levant les yeux.)
O vous qui commandez à la mer, aux tempêtes;
Qui tenez le soleil suspendu sur nos têtes,
Daignez me protéger contre mes ennemis!
A vos décrets, Seigneur, vous me voyez soumis!

CLAIRE.

Je veux te soulager, adoucir tes souffrances,
Et mettre dans ton cœur de douces espérances.

FLAMISSE.

Ne parlez pas ainsi, je n'ai plus qu'à mourir;
Car je souffre d'un mal que rien ne peut guérir.
Ma fille m'a quitté! je la plains! je la pleure!
De honte et de chagrin je crains qu'elle ne meure.

CLAIRE.

Pleurer ne guérit pas le mal qu'elle vous fait,
Et depuis qu'à l'honneur votre fille a forfait,
Vous devez l'oublier. Séchez, séchez vos larmes.
Pour les hommes, les pleurs sont de bien faibles armes.
L'oiseau s'est envolé, mon fils, il reviendra.

FLAMISSE.

Elle pourra venir lorsqu'elle le voudra.

CLAIRE.

Ne la regrette plus, c'est une malheureuse ;
Et puisqu'elle aime mieux sa vie aventureuse
Que les embrassements, tu dois la mépriser ;
Elle sera bientôt lasse de s'amuser.
Elle chante, elle rit, elle se déshonore,
Et, malgré cet affront, tu l'aimerais encore ?
Ne devrait-elle pas être à votre secours ?

FLAMISSE.

C'est lâche ! et, cependant, nous la pleurons toujours.
Du fruit de mes amours mon Élise était née.
Ma fille avait seize ans. Un jour, une araignée
Au chevet de son lit faisait son taffetas.
Élise reposait ; elle ne dormait pas.
L'amour la taquinait et la rendait rêveuse.
N'osant la prévenir, tant elle était peureuse,
Que l'insecte maudit caressait ses cheveux,
L'amour et le danger me rendant courageux,
Je me précipitai pour saisir cet insecte.
La maudite araignée était plus que suspecte.
Je la pris dans mes doigts, et, n'osant l'écraser,
Sur des charbons ardents j'allai la déposer.

Le monstre en se brûlant diminua ma rage.
Je racontai soudain le trait de mon courage
A ma fille chérie : elle en poussa des cris,
Et me fit des aveux dont je fus bien surpris :
« Je veux me marier, mon père, me dit-elle. »
Et lorsque pour souper j'allumai la chandelle,
Ma fille avait quitté le foyer paternel,
En laissant dans mon cœur un regret éternel.
Moi, je ne voulais pas la marier si vite.
Au lieu de m'écouter, elle avait pris la fuite,
Emportant mon argent, sa montre et ses bijoux.
Elle n'a pas depuis affronté mon courroux ;
Elle n'a pas osé revenir chez son père !
Reviendra-t-elle un jour ? Je l'attends, je l'espère.
Qu'elle vienne me voir, elle aura son pardon ;
Car je l'aime toujours, malgré cet abandon.
Sa mère avait voulu qu'elle fit un caprice :
Elle avait obéi, se rendant séductrice
D'un jeune chiffonnier qui lui faisait la cour,
Dont ma femme riait : elle pleure à son tour.
Dire qu'une araignée en est seule la cause !

CLAIRE.

L'amour, en s'y mêlant, est complice à la chose.
Quand on aime, mon cher, on ne calcule pas.
Et lorsqu'un beau garçon sait vanter nos appas,
D'un regard, d'un soupir, d'un seul mot il nous tente :
Et la plupart du temps une fille est contente
De goûter le bonheur, la joie et la gaîté,
Qu'elle ne peut trouver qu'avec sa liberté.
Oui, mon cher, quand l'amour s'empare d'une fille,
Il lui fait oublier l'honneur et la famille ;
C'est un joli canot qui la séduit toujours,
Et qu'un fleuve rapide entraîne dans son cours.
Elle fait des efforts pour atteindre la rive ;
Mais souvent le courant l'emporte à la dérive.

Si le canot se brise, elle m'eurt dans les flots,
Et ce petit lutin se rit de ses sanglots.
J'avais aimé Gervais dès ma plus tendre enfance;
Je me berçais pour lui d'une douce espérance.
Nous nous étions juré de nous aimer toujours;
Mais le démon jaloux vint troubler nos amours.
Le sort le fit soldat; Gervais aimait la gloire.
Il n'écrivait jamais que lorsque la victoire
Avait de nos guerriers signalé la valeur.
Une lettre de lui guérissait ma douleur.
« Claire, me disait-il, je t'ai laissé mon âme !
J'espère, à mon retour, faire de toi ma femme.
Idole de mon cœur, je jure sur ma foi
Que mes seules amours sont la patrie et toi.
Oui, Claire, pour vous deux je donnerais ma vie;
Vivre et mourir pour vous c'est ma plus chère envie.
Attends-moi, car bientôt j'espère te revoir,
Te presser dans mes bras, j'en ai le ferme espoir;
Me mirer dans tes yeux, te retrouver plus belle
Qu'une fleur du printemps, qu'une rose nouvelle,
Qu'un papillon d'azur et que l'astre du jour ! »
Il ne savait comment m'exprimer son amour.
Aimables souvenirs gravés dans ma mémoire !
Je rêvais le bonheur : comme il fut illusoire !
Un soir d'hiver, chez moi, j'attendais mon Gervais;
Le temps était affreux et les chemins mauvais;
Mon père sommeillait. Une énorme araignée
Sortit d'un tronc de bois mis sous la cheminée.
Je me mis à crier; mon père se leva.
Moi, je l'aurais tuée; eh bien ! lui la sauva,
Et me dit : « Mon enfant, c'est d'un heureux augure;
Ne lui fais pas de mal, car un jour, je t'assure
Que cet insecte noir te portera bonheur.
Ainsi ne tremble pas et calme ta frayeur,
Puisqu'à cette heure-ci c'est un très bon présage,
Et que tout te sourit, si tu sais rester sage. »

Comme il disait ces mots, notre porte s'ouvrit,
Et l'ami de mon cœur à mes regards s'offrit
Plus beau qu'à son départ. Il devint mon idole ;
Je ne pensais qu'à lui ; je l'aimais ; j'étais folle.
Il était brave et bon, n'avait rien de pervers.
J'aurais voulu pour lui posséder l'univers
Pour lui payer le prix de toute sa tendresse,
Lorsque, dans ces moments de bonheur, d'allégresse,
M'exprimant son amour par les mots les plus doux,
Il me disait : « Bientôt je serai ton époux,
Mon ange bien-aimé, ma colombe chérie.
Vois-tu ce galon d'or : je puis, sans flatterie,
Le porter fièrement, je l'ai bien mérité ;
Car j'ai versé mon sang pour notre liberté ;
Et nous la maintiendrons, telle est mon espérance,
Pour la gloire du monde et l'honneur de la France,
Et pour nos chers enfants, Claire, mon petit cœur. »
L'araignée, à mes yeux, m'avait porté bonheur.
Dans un trou peu profond, elle s'était cachée ;
Moi, je la regardais sans être effarouchée.
Lorsque midi sonnait je cherchais à la voir,
Et sur moi cet insecte avait un grand pouvoir.
Si c'était le matin, j'étais dans la tristesse ;
C'était le soir, mon cœur débordait d'allégresse.
Pour moi, ce talisman ne me trompait jamais,
Semblait faire exaucer les vœux que je formais,
Et me portait bonheur. Un jour, par un temps sombre,
Balayant la maison, je crus voir, comme une ombre,
L'insecte qui courait au-dessous du plancher.
Je restai dans un coin, deux heures sans broncher,
Craignant de l'effrayer ; mais je perdis la tête,
Lorsque, levant les yeux, j'aperçus cette bête
Aux rideaux de mon lit. Je l'écrasai soudain ;
Et lorsque je l'eus fait, j'en eus un tel chagrin
Que, n'en pouvant dormir, je passai la nuit blanche.
Gervais venait chez moi veiller chaque dimanche.

Ce soir il ne vint pas. Quand sonna l'Angelus,
Le glas des morts m'apprit que Gervais n'était plus.
Mis à l'ordre du jour sur le champ de bataille.
Il avait affronté les boulets, la mitraille,
Revenait bien portant pour mourir dans son lit,
Après avoir dîné du meilleur appétit.
Ma vie était flétrie; une douleur amère
M'annonçait que bientôt j'allais devenir mère.
Enfin, ne pouvant plus étouffer mes sanglots,
Je versai mille pleurs; j'en ai versé des flots,
Sans réparer le mal d'un moment de faiblesse.
Les parents de Gervais méprisant la tendresse
Que j'avais pour leur fils, je quittai la maison,
Et ne revins chez moi qu'après ma guérison,
Qu'après m'être louée, avoir pris du service,
Pour soigner mon enfant et payer la nourrice,
Cacher à mes parents ma honte et mon malheur.
Comme si l'on pouvait cacher son déshonneur!
Que de pleurs j'ai versés pour cette créature,
Embellie à mes yeux des dons de la nature!
Mon enfant était tout, j'y pensais nuit et jour.
C'était mon seul trésor et mon plus cher amour.
Je l'aimais! et pour lui j'ai fait bien des folies,
J'oubliais mes parents, mes voisins, mes amies.
Lorsqu'un vieux forgeron vint demander ma main,
Je dus cacher mon fils aux yeux de cet humain,
Me priver de le voir, de son joli sourire.
Pour un homme jaloux que j'aurais dû maudire,
Pour un homme brutal qui voulait me tuer,
A ne plus voir mon fils je dus m'habituer.
J'en perdis la raison; une grande insomnie,
En aggravant mon mal, me mit à l'agonie.
Ce que j'aimais le plus était dans l'abandon,
Quand mon père daigna m'accorder mon pardon.
Enfin, quinze ans plus tard, la mort me rendit veuve,
Et Dieu me fit subir une bien rude épreuve.

Je courus me jeter dans les bras de mon fils,
Et je reçus de lui le plus grand des mépris
Que femme ait supporté, je crois, sur cette terre.
Au lieu de m'embrasser, mon fils prit une pierre,
Et d'un bras vigoureux il m'en frappa le front.
J'aurais dû le punir, je subis cet affront,
L'étouffant dans mon cœur. Il en fut la victime.
Je m'étais mariée ; il m'en faisait un crime.
Pourquoi l'avais-je fait ? sinon pour l'enrichir.
Il reconnut ses torts et voulut me fléchir.
Je fus sourde à sa voix. Ce fils était ton père.
Frappé d'un mauvais mal, il mourut de misère,
Maudit et méprisé, dans un affreux tourment.

FLAMISSE.

Vous perdez votre temps, et je ne saurais croire
Une phrase, un seul mot de cette longue histoire.
Je ne vous connais pas !

CLAIRE.

Non ? Cela me surprend.
Mais moi qui t'aime encore, je reconnais mon sang,
Dans mes yeux, dans mon cœur, j'ai gravé ton image,
Et souvent dans la nuit les traits de ton visage
Me rappellent mon fils, ma jeunesse, Gervais,
Les beaux jours de ma vie et tous ceux que j'aimais,
Ceux en qui j'avais mis toute mon espérance.
C'est moi que l'on chargea des soins de ton enfance,
Qui voulus te soigner, qui voulus te vêtir,
Et qui pendant dix ans ai voulu te nourrir
De mon pain le plus frais et de cent bonnes choses,
Ne voulant qu'un baiser de tes deux lèvres roses.
Et quand ta mère vint t'arracher de mes bras,
Je crus qu'à mon malheur je ne survivrais pas.
Ce cœur qu'on me volait, je voulais le reprendre ;
Celle qui t'emmenait ne voulut rien entendre.

Enfin je succombai sous le poids des douleurs,
Car pour me consoler je n'avais que des pleurs.
L'abandon où j'étais, le dégoût de la vie,
Un amour sans espoir et la mélancolie
Augmentant mes chagrins, je fus au désespoir.
Je voulais me tuer, lorsque, priant un soir,
Je vis contre le mur une grosse araignée.
Cette apparition changea ma destinée.
Le bonheur m'apparut pour la seconde fois.
J'étais riche d'amour; mes rêves d'autrefois
Remplirent mon esprit de choses agréables;
Et lorsque je voyais de ces hommes aimables
Qui savaient me flatter, je croyais voir Gervais
Au printemps de mes jours. Le désir que j'avais
D'associer mon sort et cette soif de plaire
Jetèrent dans mes bras un vieil apothicaire.
Il devint mon époux; je lui donnai mon cœur,
Et pendant dix-huit ans je goûtai le bonheur.
De t'embrasser, mon fils, un désir me dévore,
Si tu ne m'aimes plus, la vieille t'aime encore!
L'araignée a sur moi conservé ses pouvoirs,
Et me berce aujourd'hui du plus doux des espoirs.
Je la vois maintenant, filant à ta fenêtre.
Voyons, embrasse-moi, dans quelques jours peut-être
Il ne sera plus temps.

FLAMISSE.

                Vous n'êtes rien pour moi,
Allez-vous-en d'ici! Vous causez mon effroi!
Je ne veux plus vous voir.

CLAIRE.

                Mon fils, tu me repousses
Lorsque je n'ai pour toi que des paroles douces!
A quoi penses-tu donc? Songe qu'à ton berceau
J'ai passé bien des nuits en tournant mon fuseau,

Pour veiller sur tes jours, mon fils, je puis le dire.
Je ne te demandais qu'un baiser, qu'un sourire,
Et quand je te faisais danser sur mes genoux,
Tu m'appelais maman; que ce nom était doux!

FLAMISSE.

Vous me portez malheur! Sortez, vieille sorcière!

CLAIRE.

Tu me chasses, mon fils, tu chasses ta grand' mère,
Lorsqu'elle vient chez toi pour te voir, te bénir!
Eh! tu ne vois donc pas que Dieu va te punir?

(Elle se dirige du côté de la porte.)

SCÈNE DEUXIÈME.

FLAMISSE, à part.

Cette femme m'effraie, et ma raison s'égare;
Je ne puis me tenir; la mort de moi s'empare.
Oh! qu'elle vienne donc terminer mes douleurs.
Ah! grand'mère, pardon! Dieu te venge! Je meurs.

(Il s'assied contre le lit.)

SCÈNE TROISIÈME.

CLAIRE, FLAMISSE.

(Claire s'approche de lui et lui prend une main.)

CLAIRE.

Mon fils!

FLAMISSE.

Méprisez-moi.

CLAIRE.

Ta mère te pardonne!

FLAMISSE.

Non, laissez-moi mourir, puisque Dieu m'abandonne.

CLAIRE.

Du courage, voyons, la vieille te bénit.

FLAMISSE.

Ne me bénissez pas, puisque Dieu m'a maudit.

CLAIRE.

Voyons, relève-toi, prends un peu de courage.
Moi, je veux de mon cœur effacer cet outrage
Que tu m'as fait, méchant, l'oublier pour toujours,
Et reporter sur toi mes anciennes amours,
Car, malgré ton mépris, Dieu veut que je t'embrasse.

FLAMISSE.

Voulez-vous m'accorder une dernière grâce,
Et combler tous mes vœux?

CLAIRE.

Je ferai tout pour toi!

FLAMISSE.

Si ma fille revient, embrassez-la pour moi.
Avec vous désormais je veux qu'elle réside.
Donnez-lui des conseils, veuillez être son guide.
Elle est si jeune encor qu'elle ne connaît rien,
Qu'elle pourrait changer, faire beaucoup de bien
(Si de ses vils défauts elle était corrigée)
A sa mère surtout qu'elle a tant affligée,
Qui mourra de chagrin, de son éloignement,
Qui pleure de la voir dans les bras d'un amant,
D'un homme qui la perd, qui la rend malheureuse,

Qui fera d'elle un jour peut-être une coureuse,
Ou la fera mourir sur la paille, en prison,
Après avoir semé le deuil dans ma maison.

CLAIRE.

Mon fils, je t'en supplie, exauce ma prière.
Pense à Dieu, maintenant que ton heure dernière
Va peut-être bientôt t'envoyer devant lui,
Et pense à ton enfant...

FLAMISSE, d'une voix entrecoupée.

Ma fille!... Elle m'a fui,
M'a quitté pour toujours. Ah! je me le rappelle.
Lorsque je l'adorais! que je ne voyais qu'elle!

CLAIRE.

Éloigne donc, mon fils, cette triste pensée.
O mon Dieu! tu pâlis, cette main est glacée!
Parle-moi, je t'en prie.

FLAMISSE.

Approchez-vous plus près,
Et veuillez me bénir.

CLAIRE.

Je suis venue exprès.

FLAMISSE.

Vous resterez ici; je vous laisse en partage
Mon lit et mon argent.

CLAIRE.

Un bien triste héritage!

FLAMISSE.

Grand'mère, embrassez-moi.

CLAIRE.

Je ne puis refuser
De te bénir encor par un dernier baiser !...

(Il meurt.)

Il est mort !... Plus d'espoir ! plus rien que la tristesse !
Voilà le résultat d'un péché de jeunesse.
Que peut-on espérer quand l'honneur est perdu ?
Le mépris ! et l'on meurt comme l'on a vécu.

A.-J. FONTAINE

Bordeaux.—Imp. G. GOUNOUILHOU, rue Guiraude, 11.

www.ingramcontent.com/pod-product-compliance
Lightning Source LLC
Chambersburg PA
CBHW060900180626
46818CB00004B/1788